当代诗人自选诗

那一年的风花雪月

丁永才 著

中国书籍出版社
China Book Press

图书在版编目（CIP）数据

那一年的风花雪月 / 丁永才著 . —— 北京：中国书籍出版社，2019.4
　　ISBN 978-7-5068-7196-9

Ⅰ.①那… Ⅱ.①丁… Ⅲ.①诗集—中国—当代 Ⅳ.① I227

中国版本图书馆 CIP 数据核字（2019）第 027538 号

那一年的风花雪月

丁永才　著

图书策划	成晓春　崔付建
责任编辑	尹　浩
责任印制	孙马飞　马　芝
出版发行	中国书籍出版社
地　　址	北京市丰台区三路居路 97 号（邮编：100073）
电　　话	（010）52257143（总编室）　（010）52257140（发行部）
电子邮箱	eo@chinabp.com.cn
经　　销	全国新华书店
印　　刷	三河市华东印刷有限公司
开　　本	880 毫米 ×1230 毫米　1/32
字　　数	70 千字
印　　张	7
版　　次	2019 年 4 月第 1 版　2019 年 4 月第 1 次印刷
书　　号	ISBN 978-7-5068-7196-9
定　　价	45.00 元

版权所有　翻印必究

目录 / Contents

第一辑　我的诗与你有关

002　那一年的风花雪月（组诗）
008　我的诗与你有关（组诗）
015　山路崎岖（组诗）
018　春天来了（组诗）
023　雨天的故事（组诗）
030　草原上的男子汉

第二辑　呼伦贝尔大雪原

036　呼伦贝尔大雪原（组诗）
040　隔岸眺远

042 某个周末　到草原去

043 草地歌谣

044 采柳蒿的少女

045 冬天纪事

047 翠月湖边踏雪

049 面对雪野

050 雪原即景

052 在雪地上行走

054 雪　夜

第三辑　呼伦贝尔之旅

056 诗意呼伦贝尔（组诗）

061 呼伦贝尔诗韵（组诗）

069 呼伦贝尔心灵之旅（组诗）

074 羊来了

076 重阳的时候

078 呼伦贝尔寻梦（组诗）

083 满洲里

085 达赉湖挽歌

087 成吉思汗拴马桩

089 蘑菇山

091 走进林城

093 云龙山庄

095 龙凤湖

097　喇嘛山
099　博克图（外三首）
102　水流过浅滩
104　扎兰屯
106　柴　河
108　阿伦河
110　尼尔基水库
111　萨满铜像
113　嘎仙洞
115　篝　火
117　巴彦胡硕情结
118　伊敏梦寻（组诗）
123　伊敏河
125　红花尔基
126　维纳河四题
131　额尔古纳
133　黑山头
134　白桦林
136　恩　河
138　室　韦
139　根　河
140　莫尔道嘎
141　陈巴尔虎草原
143　莫尔格勒河
144　哈达图

145　宝格达山

146　长　调

第四辑　异地采风

150　穿越阿尔山（外二首）

153　在阿尔山生活

154　岷州之旅（组诗）

158　渔汉子心目中的另一半世界（组诗）

163　伐木工的诙谐曲

166　雪原的旋律

169　一个人和一群人的故事（组诗）

174　我的女人

177　草原的太阳

179　林　中

181　萋萋芳草地

183　悄悄话

184　回味往事

186　月夜松影

187　盼

188　温　情

189　心　潮

190　我来看你

191　月　下

193　酝　酿

194　草原的风
195　安代舞
196　生命之旅
197　亭亭玉立
199　光　阴
200　一叶知秋
201　红色遐想
203　上场之前
204　对　歌
205　竞　放
206　青春的思绪
207　青春季节
208　入　神
210　那一天
211　深入秋天
212　记　梦

第一辑　我的诗与你有关

那一年的风花雪月（组诗）

风

风　一路喧哗而来

风把叶子的方向固定
我和你穿行于风中
鸟儿们穿行于风中
这个季节泛滥
是风注定的使命

风　一路喧哗而来

风从正面吹来
风又从侧面滑过
无形而具体的叮咛

昭示我也告诫你
不退则进全因逆风而行

风　一路喧哗而来

逆风而行的我和你
在风向标的敲打下目光坚定
我听到你内心的河流
一次又一次　比风声
更热烈而迅猛

花

遇见花开
是你我一生的荣幸

这是呼伦贝尔的七月
草绿和花红是本色的骚动
那一波一波
幽香的浪涛
汹涌奔腾

遇见花开
是你我一生的荣幸

在鹰飞水流的地方
在七月浪漫的心尖儿上
我重重叠叠的心事
深深浅浅地锁进眉头
期待你来——抚平

遇见花开
是你我一生的荣幸

花开后花又落的事情
一切由土壤般的真诚铸定
蝴蝶为媒　蜜蜂传情
似曾相识的一切
皆因十分遥远的使命

遇见花开
是你我一生的荣幸

花开后花又落的故事
有谁能够解说得清
如今蜂蝶离巢各奔前程
你的泪花一瓣瓣盛开
我的梦想翻跃一道道山峰

遇见花开

是你我一生的荣幸

又是七月　呼伦贝尔最美的季节
我在浪漫的花蕊间
袒露着真诚等你
等你翻山越水而来
品尝我为你酿造的爱情

雪

雪是个人见人爱的姑娘
整个冬天她都在呼伦贝尔大地上徜徉
像是在找寻着什么

她温柔的小手
软软地抚过我们的脸颊
我们每个人却装得冷冰冰
没有谁说过一句心里话

春天　雪姑娘找到了婆家
却一直泪水涟涟
不愿意出嫁
谁也不知道为了啥

等到绿肥了红又瘦了

我们才明白大家都被她爱着
而雪姑娘却变成了
开满我们忆念的老白花

月

月把什么都浸在水里
她站在高高的天上往下看
去年的风从草原上吹起
碧草连天
激起一波一波的涟漪

她还是我出生时的那轮满月吗
怎么几十年一直高悬于天际
连寂寞嫦娥都舞动起衣袖
她却不见一次情移

今夜　你是否
又要在月光的河流中飘然而去
你高昂着骄傲　一言不语
只有清粼粼的月色
闪着幽光沉浸于水底
波浪　深不可测地激荡着
没有边际

我该为你写一首诗了吗
月色却把灵感浸入心底
只听见清亮亮的月光
照我归来　照你远去

我的诗与你有关(组诗)

四季歌

春天未来的时候
我说等野草覆盖大地　花儿满山红透
我们去旅行
让青草的语言染醉你的心情
让山山水水的快乐缠绕你的梦境
等到了夏天却什么也没发生

夏天未来的时候
我说等秋风摇醉万物　霜白叶红
我们去旅行
把我的心也变成一枚枫叶
红红的枫叶燃烧在你的记忆中
等到了秋天　我却忘得一干二净

秋天未来的时候

我说等大雪锁住所有道路

我们去旅行

让兔子与鹰的心跳

如得得马蹄　声声逼近

等到了冬天　我却什么也没记清

冬天未来的时候

我说等到春风又绿呼伦贝尔

我们去旅行

看林海辉煌的日出　听达赉湖撼人心魄的涛声

你却说一提旅行就恨不得咬碎我的姓名

可到了春天我们的记忆都变得朦胧

这　我能理解

走过那个山口

就要到你的家了　我望见

你家的炊烟袅袅向我招手

你却在电话里远远地说

别往前走了　我怕岁月打开最后一层幕布

这　我能理解

阴云密布的黄昏

我发现对你依然一往情深
鬼使神差　我又翻过那个山口
你说　别再往前走了
我不是山口那株诗意的杜鹃花
我怕寒冷冻僵我每一寸肌肤
这　我能理解

在一个阳光明媚的清晨
我又走到那个山口
真希望你的笑容比阳光更美丽
你却说　你还是不能往前走
你怕流言打湿你素洁的裙裾
这　我能理解

夜　已不再温柔
月　也寒冷如霜
那一夜的红纱巾　白干酒　黄骠马
还在老地方等我
我看清了一切
又朦胧了一切
这　你能理解吗

与你有关

我的夜晚与你有关

你在其中

一半月光在我的体内回旋

另一半月光照亮你的心情

我的酒杯与你有关

你在其中

没有酒的芳香

你的红唇热烈一些也行

我的诗歌与你有关

你在其中

清新的意境里

还滚动暖暖融融的爱情

读你的诗的时候

读你的诗的时候

想起那个烟雨迷蒙的岁月之秋

眼前一辆车开上山头

又一辆车告别山头

我心里呼唤着你的名字走向你

你的长长的秀发　在我的瞳孔里

飘成一缕缕温柔

只是为了纪念

为了在细雨敲窗的清晨
抑或雪花抚门的黄昏
重读你的诗
那草籽般饱满而成熟的意境
还能让我们作为两头牛咀嚼一生吗
如今我不可能再为你唱一首情歌了
这是你挥着红纱巾告别我的第十个年头
十个冬天里别离的汽笛夜夜响彻我的星空
我燃烧自己取暖,爱情却一天天冰冷

读你的诗的时候
阳光是最好的背景
音乐的花瓣美丽如初
那最真最挚的表达还能复苏吗

告诉我

告诉我这甜蜜的梦境还能持续多久
当春天莅临　万物复苏
我守候的爱情萌芽在青青草原
当我整个身心被这巨大的幸福弥漫
我知道抵达你的距离还很远很远

告诉我这美丽的心愿还能持续多久
当春风拂面　心湖涨满

我看护的爱情点缀在绿色草原
当我燃烧自己照亮你眼前的路
你却视而不见　脚窝里落满我的喟叹

告诉我这受煎熬的日子还能持续多久
当春天远去　百灵鸟不再孤单
我陪伴的爱情成熟在茫茫草原
你来去匆匆几乎让我将双眼望穿
我为伊消得人憔悴　但纯洁的心愿一如从前

想一个人或不想一个人

该做梦时却难以入眠
谁把爱情宠成了痛苦
在还未抵达幸福之时
想那些结识你的最初
像忘了半生奔波的无助

想一个人或不想一个人
谁说不是一种幸福
清醒或完整地记得
不管如何开始怎样结束
至少我们回避了某些美丽的错误
就足以　让天空彩云永驻
让你我的花蕾布满露珠

阳光真好　在春天
到一处向阳的山坡上漫步吧
我们的爱情贴紧躁动的黑土
让我为有你这一生的果实
用白天鹅般纯洁的诗句
无怨地祈祷抑或真诚地祝福吧

谁内心的河流还会漂泊孤独

山路崎岖(组诗)

山

那一天,相思鸟栖落你的双肩
你不由自主飘到山的这面
那一天,一角红纱巾驶进我的望眼
我便鬼使神差跑过山的那边

你缓缓而来于黄昏站成一盏路灯
点亮了我充盈期待的眸子
我亦如一颗遥遥无语的星子
抽长了你渴望的视线

太阳沉没于时间的彼岸
芳草萋萋的阡陌
我们的梦想再也长不成叶片

你走了,身影沉重地翻过山岬
但一直也未能走出我的思念
此去犹如昨日
风景虚设
一座山　横亘于
你我之间

路

我们闪进树丛
藏入昏暗的灯影
在阳光照不见的角落
一条路于黄昏的面前
徘徊又踯躅

远离羁绊你我已被野性淹没
冲动如潮毁坏了最后一道堤防
然后我们歇斯底里大骂对方是骗子
然后又紧紧搂住幸福得总想大哭

星星和月亮都闪烁为背景
夜歌由远及近清亮如初
我们站起来身下压倒的野花野草
伸展成另一种道路

崎岖

那座山总捉弄我们的视线
那条路兀自小心翼翼
蛇行于山峦
黄了又绿依然是风景
山路弯弯扭曲了信念
唯独心窗关不住落寞
目光躲躲闪闪又开始了顾盼

足音款款是你一声声逼近
岁月悠悠如我一步步量完
分手之时记错了再会之日
眼窝早被崎路上的石子填满

有人自背后吹起一股旋风
匆忙之吻没有根基
你我身不由己坠下了深渊

春天来了（组诗）

杜鹃花开了

我爱大兴安岭
像爱一珠珠杜鹃花
她们的根　树干叶片
以及满身的香气
都在我的心海里泛滥

我要次第打开
她们短暂却轰轰烈烈的花团
她们内心的星光　月光阳光
她们含泪吻别的春天

五月　当火车爬上高高的兴安岭
就是进入一片花海

进入她们生命火热的喝彩

那两条深入森林的铁轨
呼吸着大地的芬芳
和杜鹃花的根
一寸一寸地交谈

我的多情的泪眼
也会一节一节地把
高高的兴安岭望穿

相思谷意念

只留下我一个人
走在上演相思的路上
那个自称有范儿的天使
始终在我诗歌的意境里
倾听我内心的歌唱

很多事物　就在一个上午
于暖融融的阳光下
悄无声息地走远
时光的车轮也
席卷着满山鸟鸣
一去不还

我陌生又熟悉的天使
她的山泉水一样叮咚的故事
是我明知不能续写
却又非得续写的忧伤

树丫上本无表情的桦树泪
已为我对那个天使的相思
变成了温润而甜蜜的诗行

那个天使的脚印
在那个层叠相思的空间
一个又一个装进我的心房

在相思谷　我的心战栗着
每走一步都怕踩疼以往

你的故事

这么多年　我义无反顾
重温大鲜卑山话题
看望达尔滨罗　嘎仙洞　相思谷
这已经算不上什么秘密

大把大把的旧车票

记录了一串串鲜活的故事
我不知道　为什么
那些故事怎么就一直
芬芳在我的忆念里

发芽的发芽
开花的开花
花一瓣一瓣地凋零
果实却又默默地播下去

这么多年　我就是听着这些故事
一次又一次地找寻你
你知不知道
一个人的苦苦寻觅
有多形单影只

题　　照

鼠标三点两点　蓦然发现
极具杀伤力的你
在镂花的矮墙边
你是那位举止很范的姑娘

众目睽睽之下
你逼人的魅力

射杀一道道肮脏

远处浓浓的绿意
只配做你的背景
亭亭玉立之中
你究竟向谁昭示着什么
只有上帝能读懂你的思想

看你一眼就成了你的俘虏
睁眼闭眼都是你呀
那个天使般很范儿的姑娘

雨天的故事(组诗)

雨天

雨天没有目的
摇一把芭蕉扇
大大咧咧走在街上

有人心神不安
想制造一种情绪
铺开稿纸倾听
风声于头顶哀泣
清泪打湿一件又一件衣裳

湿漉漉雨天很冲动
不知你究竟躲到哪里
只好约一个朋友

到河边去
寻找以往

白日

秋天的一个午后
梦见窗外突兀地
长出一幢大楼

石板路瘦瘦的
被逼回墙根儿
老狗于门厅
害臊地玩弄舌头
该不该去探望一个人呢
想法总徘徊于三岔路口

门栓应念而落
走进一位
失踪多年的朋友

静态

叱咤风云的巨手
搁浅在半空
庄周梦蝶老化为石

李白床头之月不见挪动

书们清高得等级森严

盘坐于橱架上

没有表情

门想着自己的故事

主人续那残梦

镜框里被困的《蒙娜丽莎》

寂寞已久

在目光轻佻地抚摸下

猝然生情

知觉

日子掷地无声

远见狼烟娓娓浮动

龟行于世界的额头

回望来路

月潮悠悠冶炼图腾

蓦然回首

十几种脸谱

怪笑着逼近

笔挺的神经难以支撑

这一瞬间浑噩如梦

天幕訇然中开
我是一幅受伤的风景

成熟

数不清的梦从眼角摔落
辽远的歌声飘忽不定
嘴反锁了快乐与微笑
头上的犄角隐隐作痛

昨日和风细雨
荣誉的彩虹嵌上天空
今夜电闪雷鸣
又将我从枝头摔落

有人在我跌断的鱼尾纹里
读出了成熟

情人

天空伸出一条道路
情人们如期光顾
半枝莲苍黄一片
不能做庇护

唯一的心思是野草莓
已于昨日羞涩着红透

炉火在暗夜一瘸一拐
明明灭灭的洞穴里
繁衍恐怖

清晨,太阳上班的途中
见情人们约会过的地方
流言砸碎石头

声音

黄昏落荒而去
你没来照耀我的心情
高跟鞋笃笃塞满楼道
声声按不响我的门铃

你到哪儿去了呢
哪儿的路殷勤为你铺平
雨夜无语
思念眨着焦渴的眼睛

心境

雷声先于雨声
敲乱我的天空

那时我坐在台阶上
冥想三四年前的事情
三四年前的某个午后
雨声喧哗
打湿你我的心境

怎么才能忘却那段故事呢
花伞下你半掩的芳容
撩拨起往日的冲动

灵感们陷进泥淖
青苔锁住了我的诗人梦

落雨的日子

落雨的日子很阴郁
情绪被潮湿侵乱
压在心里的许多事情长出芽子

视野里徘徊的那个人呢
心之岸上的紫丁香被风掠走

从此,落雨的日子
有人很忧郁地
把最初幻想为结局

草原上的男子汉

套马杆举起来举起来
大马群飞出来飞出来
转场喽转场喽
我们指挥着一支大乐队
打击乐粗犷的疯狂的
粗犷的疯狂的打击乐
后面系着我们流动的毡房
所有的小门都踹开喽
啊哈！走出来走出来
我们是草原上的男子汉
男子汉就应该粗犷

我们有爱恋留起来
我们有温存留起来
留起来给草原上的花卉
留起来给夜晚的月光

留起来给我们的女人们
留起来给我们的孩子们
留起来给我们女人孩子们的梦乡
我们是草原上的男子汉

草原上的男子汉都有自己的大乐队
长长的套马杆是我们长长的指挥棒
停下来停下来停下来吧
男子汉都放下手里的指挥棒
让粗犷的打击乐停下来
让流动的毡房停下来
停下来稳稳地泊在草库伦的风口浪尖上
我们男子汉怕什么雨雪
我们男子汉怕什么风霜
草原上的男子汉围起来就是一堵墙
啊哈！围起来围起来
男子汉们隔开雨雪隔开风霜
让我们的大乐队悠闲地
栖息在无风无浪的海港

我们是草原上的男子汉

男子汉就不同于女人们
我们能把大块的手抓肉一口吞进
我们能把大碗的白干酒一口搯光

高兴时我们围着通红的牛粪火
跳我们自己改编的安代舞
比粗犷更粗犷比疯狂更疯狂
烦躁时我们也骂女人也打孩子
过后我们却藏起后悔的模样
因为我们是草原上的男子汉
男子汉没有当面向女人向孩子忏悔的习惯
我们只是紧紧地拥抱她们
用胡茬子揉搓她们
搓得她们流露出和解的目光

我们是草原上的男子汉

我们发狂地喜爱草原
喜爱这坦荡之上的绿色结阵
喜爱在这绿色的结阵之上
骄傲地使用我们天赋的职权
指挥马蹄的打击乐队
拨响一个世界轰隆隆的和弦
闲暇时我们也背着伙伴们
采一束如血如火的萨日朗花
带给我们的女人孩子们
让她们同我们一起分享炽烈的情感

我们是草原上的男子汉

男子汉的心胸就是坦荡呵
男子汉的心胸就是旷远
我们要用地平线一样长长的套杆
甩掉草原过去的粗劣的轮廓
套住草原未来的精湛的画卷

我们是草原上的男子汉

第二辑　呼伦贝尔大雪原

呼伦贝尔大雪原(组诗)

一

海拉尔河岸边　呼伦贝尔雪原之上
我和诗人们探听到退隐的春
即将复出的消息

迎风飞舞抑或在寒冬驻足
透骨的风刃比往年都锐利
直接楔入世俗的时光里
它在正视着什么
又在藐视着什么
海拉尔河湿地之上
无边的苇荡摇曳浓浓的诗意

远处西博山上的雪

隆起身躯
这天然出世的玉
昭示出众人惊羡的谜底

以寒冷保持最初的火焰
呼伦贝尔大雪原的深部
有雪霰碰击海拉尔河冰层的痕迹
没有鸟翅的天空
飞雪改变了它们最初的期许

这聚集到一起的固态的光明
雪覆盖了海拉尔河　彰显了西博山的神奇
煽动枯草与冻土深处烈火的燃起
呃这些越过天堂的浪子们
重新在呼伦贝尔种植耐寒的骨气

二

呼伦贝尔大雪原坦荡
坦坦荡荡　任雪兔在芦荡边穿梭
苍鹰在远天巡逻

几个以诗歌为伴的人
在海拉尔河岸边诗意地踏雪
以呼伦贝尔雪原同题诗作

面对雪原呆呆地沉默
面对芦荡苦苦地思索
而雪原不吭声　芦荡也寂静
诗人又能撼动什么

唯有雪兔的奔跑
与鹰翅拍击着
得得如马蹄叩击心扉
声声似老白干猎猎作响的自我

呃海拉尔河　呃雪原　你们醒醒吧
难道诗人的啼血之墨
在你们纯洁的胸膛上
只能开放六瓣的花朵

三

寒冷一朵朵莅临
冬天以自己的风采
霸道地覆盖了一切
又不容任何辩白

距离是一首不老的情歌吗
让心灵迅达出发之地的精彩
俘获多少春梦的海拉尔河

被极寒封冻的不仅仅是血脉
西博山神闲气定
让我仿佛看到它温暖的内在
芦苇荡与海拉尔河相亲相爱
诗人在它们中间
悄悄停下相拥大尺度的情怀

厚厚的雪
恰恰造就了
海拉尔河的从容
此刻　雪原
有了主宰一切的神采

一只苍鹰
从海拉尔河芦荡中起飞
把被寒冷锁住的天籁
更广泛地打开

隔岸眺远

眺望远方没有过错
海拉尔河都眨着翘盼的眼睛

我们从城里来
草原风擦去了昨日的阴霾
披碱草尽染了心灵的悸动
我们到山清水秀花红柳绿的地方去
百灵鸟展翅发布着欢快的信息
告诉远方　我们来晾晒潮湿的心情

大草原让我们的视野无遮无挡
披碱草像我们的胡茬子一天一个情景
我们却很少能静静地坐下来
看历史的影子翩翩起舞
让时间陪伴着饮一壶老酒
激情澎湃的海拉尔河

是否曾经陶冶过英雄
没有明确的回答与争论
几代人萦过梦的苍松日渐稀少
流泪的伐根旁一株株
新抽的嫩枝挺立着
隔海拉尔河岸　向远方
眺望……

某个周末　到草原去

某个周末　到草原去
我看见一群踏青的少女
她们艳丽的服装　在原野上
姹紫嫣红地开放

某个周末　到草原去
争春的少女们把山花插满黑发
她们一边沐浴着清亮亮的阳光
一边以饱满的青春自由地歌唱

某个周末　是个幸福的假日
到草原去　抛掉不应有的伪装
在梦的翅膀飞翔过的地方写诗
俯仰皆成优美的篇章

草地歌谣

躺在草地上我对写诗的人说
蒙古骑手将跨上追风的骏马
向麦浪轻摇的季节奔波
我也是诗人　让我们一起忍受幻想的折磨
最终哼出一首收获的歌

草原风四处游荡
一座又一座山被野花淹没
大自然敞开富丽与坦诚
写诗的人　你我顽强地走出孤独和寂寞

这块叫呼伦贝尔的地方
我曾用心灵仔仔细细抚摸过
什么时候播种　什么时候施肥
什么时候铲蹚　什么时候收获
什么时候叶落归根
捧出的不仅仅是最后的丰硕

采柳蒿的少女

翻过那个似曾相约的山口
在你那满山荡漾的采柳蒿的歌之后
是被我碧蓝如洗的梦萦回过无数次的
你的一双摄人魂魄的明眸

我是谁　叩击着心灵的门扉　我问
我来干什么　命中注定是否又经历一场美丽的错误

难道年年岁岁的苦苦厮守
真的抵不住你一袭媚人的娇羞
在柳蒿站满河岸的季节
我拷问自己　你的举手投足抑或一声问候
怎么就成了我愉悦的缘由
而你迷人的笑
怎么又像你身前身后的柳蒿
定格在了我人生的绿洲

冬天纪事

呼伦贝尔的冬天是白皮肤的
这种颜色年年此时都很盛行
有人说天空是蒙古包的炊烟染蓝的
有人说大地在一夜间铺满纯银

不管怎么说
六角形的雪花隔几天就光顾呼伦贝尔
每个村庄　每条做梦的河流
都收到过六角形的信

有一群作家在冬日的达赉湖面
（他们疯疯癫癫　把所见所闻都夸张得令人惊心）
好些网虾的渔人都被感染了
心甘情愿做他们照相机里的背景

（此时　作家们都成了不甘寂寞的玩童）

昨天　谁还在冬夜里写了一首情诗
一篇小说或自以为意境深邃的散文
（但谁也没展现银色呼伦贝尔的神韵）
而今天他们从渔人装满收获的大网里
捕捉到了美妙的灵感

只是　他们临行时沉重的告别声
让达赉湖的灵魂微微一震

当晚　有一只神奇的大手
兀自摆弄达赉湖夜空上的那盘棋
作家们偶尔还看见流星骑士
骑着长尾巴的马四处飞奔

作家们枕着银色的梦睡了
他们梦里的世界很小　也很玲珑
假如从一枚六角形的雪花上滚下
那就肯定落在谁的眼睫毛上
（梦中的作家们　该不会眨动眼睫毛吧）
你们知不知道　那上面挂着一个玲珑世界
世界上正漫步着呼伦贝尔的冬天　远近一片纯白
素裹了这样那样的一些事情
（喂　那些来圆梦的作家快醒醒吧
银色的呼伦贝尔又从你们的瞳仁里远足）

翠月湖边踏雪

衣服的每个扣子都紧紧的
下摆的红黑蓝还是飘起来
林边及山脚的风硬硬的
十几个人却喜洋洋地围着翠月湖
在雪地上踏一路春光
想象的春光里谁的脸上也不挂悲哀

有意抑或无意都无所谓　假如
围绕翠月湖的是无雪的坦途
脚底还会发出快乐的音乐吗
我们的脸上还会绽放气派吗

引路的那位性急的女郎
她时而蹦跳　时而又像在飞
身边的树挂满纯白
她的黑大衣是笼罩我的云彩

为什么会向她追去　我不明白
这完美的存在是别人的珍爱
我每前进一步也许会踩疼往事
但我只知道离她近些春天就会来
树叶会吐绿花朵也会绽开
她的苹果脸儿映红我的衣裳
我的衷肠　我的情诗
以及内心最不能碰的隐秘
也会使她青睐

面对雪野

雪野　一片无言的洁白
狂热的太阳也无法让它激荡
那么　面对它　我们只有静默了
说什么海枯石烂　想什么地老天荒
执手相看　静默在这银色的雪野上吧
让我们的静默　融入
牛羊的欢叫野草的叹息
雪花的轻盈　连同你我无遮拦的想象
让一片片心底的涟漪
在你我的脸上尽情地荡漾吧

面对雪野　说什么惆怅
面对雪野　道什么凄惶
昨日的笑语　怎能扇动思念的翅膀
让你我将此刻珍藏吧
白雪作证　誓言无声
你我静默在这银色的雪原上

雪原即景

银色的雪原无边无沿
银色的视野无遮无拦

黎明从奶桶中升起
太阳在长调的余韵中疲倦
牛羊自牧人的瞳孔中肥壮
不管你信不信　我就这样断言

草原路呈现伸向天际的壮观
天际纯白
雪野纯白
牛马羊是滚动的期盼

牧人的口哨以特有的方式
在雪野里与风一起奏响
测绘出的是辽远的蓝天

套马杆从他们手中轻轻一甩
丈量过的都是深深的爱恋

四处纷飞的六角形花瓣儿
从我融雪的眼睛里凋残
我的灵魂悄悄地爬起来走向雪野
银色的雪原也蹑手蹑脚地
走进我的内心世界

在雪地上行走

季节归纳到脚下　白茫茫
将生命衬托到一定的高度

只要用步履丈量呼伦贝尔的冬天
就必须聆听一支自己踏响的曲子
即使低着头赏雪　天空上升的感觉
也会挤满五脏六腑

一种像雪一样纯洁的心情
使我的想象不含一丝庸俗
雪呀在春天到来之前你满地铺银
阳光温暖之后　你又用整个生命
让绿色快快复苏

眼下　春风不时光顾呼伦贝尔
春天真实起来　不再模模糊糊
去还是留　满山遍岭银色的雪呀
回归大地是你最好的旅途

雪　夜

今夜　我将成为雪
以漫山遍野的精彩
铺向你紧闭的家门

今夜　省略了所有的村庄及河流
我从草原的一角
悄悄走来
用通体的素洁和透明
将你的梦和出门的路全部覆盖

你终于破门而出
像一头小鹿蹦跳着却没向我跑来
一路的足迹
深深浅浅
是对我永远不愈的伤害

第三辑　呼伦贝尔之旅

诗意呼伦贝尔(组诗)

大黑山

山鹰一次次腾起双翼
苍劲有力地飞翔
标志着　这是呼伦贝尔的屋脊

山路弯弯　车辙深深
你以母亲般的手
牵着我走向你的腹地
而你是归隐的智者吗
黝黑的石头
冷静地打量着单调的雨
远翘的花枝如同故友
打着迢远的旗语

星点的铃铛花和连片的柳兰
在我的山中次第开放
我真的是潇洒的诗人吗
随意书写着诗句
面对你我无法顾及羞涩
展露与石头相近的躯体
与山风相拥在一起

今生做一回守林人就已足够
更有那深邃的眸子
一回回　拨乱我心底的涟漪

五亭山

让我追随不定向的山风爬上去吧
瞭望一直上升的风景
姓名和身世都抛在山下
我云游过的路径
会有山林的天籁
一波一波煽情

若隐若现的五座小亭
昭示出你挺拔的高度
我渺小得树叶一般轻盈
一旦融入你的怀抱

我就有足够的积淀任山风品茗
许多自由的思想落在泥土里
裸着叶脉的日子
连同我的年轮
也生出别致的秉性

我不是独自一人
还有层林尽染的秋满山风行
我从草原与河流的方向
同时向你追梦
一路欢歌的玉溪河
有声有色地摇乱我的心旌

钓鱼台

四下里都奔跑着山风的欢快
突然峰回路转彰显别一番风采
钓鱼台　这就是我想象中的你吗

那位垂钓过岁月
如今已羽化为仙的姜太公呢
没有成全历史的舟楫
被岁月收藏抑或过分青睐

各种色彩的传说被花朵包围

你始终站在历史与现实之外
长成世纪的主茎每个日子的叶脉
是你生命中最嫩绿的存在

是史实　是传说
是偶然　是必然
就像河心那块巨石的来路
一任后人叽叽喳喳地评猜

有时传说比真实更魅人
君不见河边上一对对虔男诚女
全不顾湿了西装裙裾
拜了又拜

绰尔大峡谷

你没到过绰尔大峡谷
就不知道大森林的魅力

无论从哪个角度
视野里都攒动春天的步履
印象中的蛮荒之地
却风姿绰约地站在花丛里

那花　有的像薄薄的蝶翅

在抒情的枝条上迷离
有的像小铃铛　飞出锁不住的秘密
当一朵停止另一朵已经摇起
有的像一块石头的坐姿
它们的性格怎么满是忧郁
有的像甜蜜的微笑
为了我和她在幸福地飘逸

我喊不出它们的名字
只知道它们是用我们
淳朴的山歌　血汗和老酒浇灌的
为了把一切献给亲亲的你
挣扎着倾其所有的力气

它们不懂得我们的惊讶
也不知晓我们心底的感激

不止一次　不只我一人在夜里
梦见绰尔　梦见绰尔河
和一场等待已久的艳遇

呼伦贝尔诗韵（组诗）

毕拉河

清晨　我站在毕拉河边
我只是随便想想
清凉的感觉袭来
心窗便砰然洞开
许多叹词如鸟飞出
贴在那些激动了一夜
兀自汹涌的浪尖上

曲曲折折的毕拉河
在大森林的臂弯里水波荡漾
让我兴致很高　甚至能看见
往事跟我　只隔着薄薄的一墙
鱼群在水中练习游泳

轻轻划动
参差不齐的思想

最不经意之时
水鸟尖锐的喙
点皱一河山水
色彩顿时纷乱无章
我雅致的诗笺微涟四起
躲在树梢后的太阳趁机四射光芒

神指峡

聆听神指峡的涛声
在秋凉的时光
在丰富的梦里
迎接五花山的芬芳

更深更广的森林
像一张法力无边的网
把浪花和憧憬
都置放在目光触碰的河床

森林八月的景致
曾经的磨难不可淡忘
幸运和收获不再躲藏

神指峡高耸的岸边
爱情盘坐于花香
时间在森林中徘徊
神仙在人的梦境中亮相

聆听神指峡的涛声
滋润抑或荡涤我的柔肠
眺望峡谷的底部
许许多多抒情的景致
悄悄涂抹了我们的心窗

石海

我看见大片大片的石头
在一片森林与另一片森林之间
安静地躺满石头

默默地把地面覆盖
把森林挤开
让云朵远远地游走

我看见每一块石头的脸庞
都有阳光抚摸的手
我想象着　如果是雨天
雨点儿砸下来

这里的声音一定更剔透

大片大片的石头
让开阔地无止无休
让喊叫渺小
让我惊异
我不知道该摩挲哪一块石头

石海中长出的黄菠萝
杜鹃抑或鲜艳的花朵
形成一处处风景美不胜收

你或许该到毕拉河来
看一看这些与众不同的石头
你会目不暇接地亲爱它们
心底也会涌起迷人的娇羞

杜鹃花

成片的杜鹃花扑进我的诗行
在一霎那我们不期而遇
含情的眸子　好像就要被烫伤

你努力在春寒料峭里绽放
艳丽的花朵　小小的娇柔

风雨中瑟缩着身影
年复一年　用滞涩的嗓子
把春天歌唱

一片蔚蓝展现在眼前
树木掩映达尔滨罗的模样
一夜春风
你红透山岗的眸子
飘荡火热的喧响

在春寒料峭里
一个写诗的人与成片的杜鹃
在达尔滨罗徜徉

温润的心房　灵动的诗章
是否能让杜鹃推迟卸妆

相思树

说不清　这场雨
是有意还是无意
让你在我的眼帘里
偷偷地　偷偷地躲避

缠缠绵绵的相思树

就定格在你的路边
我打着雨伞漫步在花丛里
你回眸一笑
这画面是不是有点诗意

我举手轻轻抬脚徐徐
怕溅起的雨点　打湿了
娇柔的花朵和你
那迷人的裙裾

树都缠缠绵绵地相思
想念的人儿　你如何
将爱恋　向我的内心传递

四方山

一次又一次
我以虔诚的姿势对你仰望
今天我终于抵达
你圣洁的心房

我只是想眺望一下
传说中天眼的模样
顺便再摸一摸
你神圣的额头

和让人心旌摇荡的山梁

呃　四方山
不管你是山花飘香
还是郁郁苍苍
抑或层林尽染
甚至白雪漫岗
任何时节登临你
都是我内心最美的芬芳

达尔滨罗

什么样的花海将我包围
在达尔滨罗　飘荡满湖诗歌的意象

舞蹈的蝴蝶　穿过寂静
回到花朵小小的心脏
而我却听不到浪花的声音
只有满山的杜鹃灿然开放

你是一朵饮千年甘露而鲜艳的杜鹃吗
当我站在木别墅的观景厅堂
望断湖边满眼的娇媚
你轻盈地走进我的心窗
亭亭如杜鹃花神

曳动的衣裙是一篇童话的张扬
可为什么　你向我靠近
却装作不认识我一样

什么样的花海将我包围
在达尔滨罗　飘荡满湖诗歌的意象

我是痴情不改的儿郎吗
从千里之外的故土奔向异乡
没有失望也没有彷徨
只是像一只蝴蝶
轻轻地落在花朵上
以小小的胸音　深深地感受
你我怦然而动的心房

呼伦贝尔心灵之旅(组诗)

猛犸公园印象

迟迟不愿离开故土
蹄声虽已远去　却让后来人感慨
往日许多粗心
未曾注视岁月的更改

一眼望去
每一头站在草原上的猛犸象
都是远古在今天的替代
不需要栅栏
踩定青草和风声
巨大的苍穹俯下身子
俯瞰草原

而匠人塑造的猛犸象
不会仰天长啸
它们的影子从天空裁下来
投射草原最和谐的精彩

百灵鸟唱着歌飞去
猛犸象的灵魂
却在家园徘徊
天空余下的空白
诗的意象纷至沓来

不知名的花朵肆意盛开
文字中赞词闪烁
那是诗人对小城的青睐

金龙湖

你的名字叫金龙
阳光熠熠生辉
金龙在你的天空盘旋

你最亲近的鸟来自达赉湖畔
它们的天籁之音缭绕着你
像白玉滚动于玻璃的时间

我这几个清晨与你不离不弃
自诩为你最亲近的伙伴
我来自享誉世界的地方
她的学名是呼伦贝尔大草原

在你的水面　我呼吸着芬芳的岁月
而厚重历史的蘑菇山头飘浮的尘烟
传递着对你前生今世的依恋

此刻　草原绿色正浓　鲜花竞艳
马群奔突的景色来自天边
金龙湖　你让我的心情晴朗一万里
我把你凝成一首萦梦的诗篇

达赉湖

几年不见　你又恢复了本真的模样
水面宽阔　浪花欢唱
你在呼伦贝尔的胸膛上荡漾

我知道这是你思想的方式
而所有的波涛　跳跃的却是我的诗行
它们排列的意象犹如金子闪闪发光

一段人生真如一朵浪花呀

草原的风鼓足了长长的想象
想象浮升起瞬间的辉煌
沉积的力量　在你澎湃的躯体上

最美丽的云朵在天上
最多情的太阳在天上
最亲切的你在我心上

蘑菇山

望一望满眼蘑菇的山坡
我想一步步向上攀登

整个早晨朝着一个方向徐行
苦涩而深浅的脚窝
石子开花的想法不断萌生
表情丰富的山坡上
片片秋草棵棵生动

真想坐成蘑菇山的一方石头
我最纯真的向往是让你
那遍插秋色的纤手
抚开我深锁斯年的真情

八月　蘑菇山没长蘑菇
满坡生根的石头让人迷蒙
爬上去始知石头早被阳光暖过
爬上去始知蘑菇山下的新城
出落得让人吃惊

羊来了

我从新年的钟声里瞥见了你
低垂着温顺的眼眸
我的心狂跳不止
又一个轮回的春秋
年复一年的渴望之后
我抑制不住纵情地喊你一声
我的白胡子的朋友

你来自呼伦贝尔雪野深处
身后白茫茫一片静谧
我找不到半棵青草
喂养你的心情
你的柔顺的目光却让我想起
长着四蹄的云朵和纷飞的哈达
想起呼伦贝尔草原的风吹草低

大草原横无际涯的羊群
星子般闪烁于草浪
荡气回肠的长调
我穷尽半生去倾听
却找不出一句适合你的赞许

羊来了　本该春风又绿江南的节气
整个呼伦贝尔却白雪覆地
你低垂着白胡子善意地望着我
我也在你的仰视中逐渐老去

守身如玉的你　一年又一年
迷途般走出草原走向深渊
吃你肉啃你骨头的人们
个个身强力壮　个个满脸福气
你的挣扎　我的无奈
你的奉献　我的悲泣
都将追随来年春风远去
我是否应该将一种哲学的思想
还原给你绵薄的身体

在一首又一首描摹草原的诗歌里
我披着一张张羊皮
捡拾那些咩咩叫的动词
像追赶滚向天边的云霓

重阳的时候

一页页撕下的日历
落叶般飘飘而去
是谁在我走过的路上
留下深深浅浅的脚窝
一段段有关重阳的往事
却又让我频频回首

岁岁重阳　今又重阳
勾起我回归故里的乡愁
看看　年迈的父亲母亲
怎样数着血泪相思的红豆
看看　魂牵梦绕的乡情
怎样追随着岁月一点一点熟透

重阳的时候
总有一些年年不变的缘由

让我抑制不住地想对你透漏
在那遥不可及的村头
父母是两盏不灭的灯
普照着游子度过的每一个金秋

今年,又不能回到父母身边了
我只好把疲惫不堪的乡愁
用诗歌想象的翅膀
向故乡的方向漫游

重阳的时候
很想再回归故里
无论秋雨缠绵了乡路
无论秋叶覆盖了乡愁
我都在梦归的山梁上
向父母在的方向行走

呼伦贝尔寻梦(组诗)

呼伦贝尔人

生长在绿色汹涌的呼伦贝尔
生命线长长壮壮

套杆弯弯　驱散黑黑的长夜
长调悠悠　喊醒红红的太阳

就这样　一天天一年年
呼伦贝尔人扩张了粗犷和豪放
又用手把肉和长调
将自己的岁月喂养

日子饮风嚼雪时也很苦
但呼伦贝尔人却坦言

纯净的风雪和喧闹的牛羊
也是一种极有价值的营养

当呼伦贝尔人把坦诚奉献的时候
他们呼吸着天然的馨香
内心也铺排着绿色的芬芳

你想做一回呼伦贝尔人吗
得首先和骏马
交换一下思想

骏 马

狂风抑或暴雨
都无所谓
骏马始终与草原站在一起

纵然狂风撕乱它的长鬃
纵然暴雨打疼它的身躯
它黑黑的四蹄
却稳稳地抓住泥土
如青草的根饱蘸诗意

狂风暴雨猛推一把
骏马打了一个响鼻

所有的青草被推了一个趔趄
那株瘦弱的花蕾
却在骏马铁打的蹄边
稳住了生命鲜活的意义

那迎风而立的骏马呀
你扶住的是整片草地吗
那被暴雨打湿的意境
却是我笔下卓然而立的诗句

我的梦

揣着各种各样的幻想
到呼伦贝尔来吧
在草原上做一个梦
你会有被绿色灌醉的痴迷

不过,你不必担心
那迎你而来的骏马
和得得的马蹄
会一声接一声地唤醒你

我常常想

我常常想

骏马在牧人的梦里奔腾
牧人的梦牵着骏马
跃过一个个浪谷波峰
骏马清脆的蹄音
是草原上最撩人的歌声

我常常想

骏马在马头琴弦上嘶鸣
马头琴声牵着我的梦
在茫茫草原上
青草的语言
是对我最亲切的叮咛

我常常想
总要经过些白昼和黑夜
才能抵达草原的心灵深层
在天与地相接的地方
写诗抑或与骏马一起
放牧一下日渐苍老的心情

我常常想

什么时候　我的脉搏

与骏马粗重的呼息悄悄相融
什么时候　我的禀性
以无畏的剽悍和不息的蹄声
激荡起我渐被荒草掩埋的诗情

满洲里

当第一缕阳光满怀深情
满洲里自会因感悟而苏醒
一家一户异国情调的窗子洞开
迎迓黄金的光芒
打扮自己生动

最理想的选择是走出去
起起伏伏的小街
波波涛涛的达赉湖
以及套娃广场做你的背景
每天上演庄严的国门
都会健康你的眼睛
也常有撩人的故事
引起你情感的骚动

当最后一缕阳光恋恋不舍

满洲里开始用一天的故事
喂养自己的心灵
这时　最需要一双温柔的手
抚平你秘不宣人的伤痛

达赉湖挽歌

面对你 一个人的岸上
注定今夜的情绪
又是一次沉默

想当年你波涛汹涌
鱼肥虾美的生机
让多少游子惦念着你的丰硕

可如今 一切都面目全非
随着夜风远逝的
是若有若无的渔歌

面对你 一个人的岸上
我为什么唱一首挽歌
哀婉你曾经的辽阔
哀婉你昨日的丰硕

这人世间　大自然里
还有哪些完整的角落

在一片月光下出现
又在另一片月光下沉没
我燃烧自己的心为你点亮渔火
期待你在春风里复活

成吉思汗拴马桩

达赉湖节节溃退
你还在坚守什么

圣祖的铁骑不是绝尘而去了吗
远离马刀与箭镞
哪处草原不飘扬旖旎的炊烟

拴马桩兀自叹息
达赉湖还在畏缩不前
这么长久地坚持为了什么
任谁也解不开这个谜团

黑夜如期来临
告诉枕着涛声入眠的人儿
我无以复加心力交瘁的语言
女儿将远离日渐荒漠的地方

我却像拴马桩拴住的老马
被定格在渐行渐远的草原
一曲挽歌和着热泪在唱
心湖却被夜风一下下扯乱

在今夜　月光见证
拴马桩的共同时间
希望所有的流水
都迅速溯源
它们却涌向时间的背面

打开驻守心灵的另一条江河
让它深入达赉湖　深入草原
与所有的日子　所有的幸福
双向吹拂　歌舞蹁跹

拴马桩你紧紧拴住达赉湖吧
拴住草原人目中永远的企盼

蘑菇山

望一望满眼蘑菇的山坡
我想爬上去

整个早晨朝着一个方向
攀缘苦涩而曲折的脚窝
石子开花的想法不断萌生
表情丰富的山坡上
寸寸春草节节生动

坐成蘑菇山头的一方巨石吧
我唯一的企盼是你
那遍插明媚的纤手
抚出我关闭千年的心音

五月　蘑菇山没长蘑菇
满地生根的石头远望成一种错觉

爬上去始知石头早被阳光一一啄过
爬上去始知蘑菇山下的小城
山落得让人吃惊

走进林城

生长在草原与森林的边缘
天生注定有两种禀性
有时像骏马驰骋于草原
有时像雄鹰翱翔于云层

穿森林入草原的海拉尔河
流成游子向往的胜景
久住岸边的小城
天然是她本色的生命
大兴安岭座座山峰的长势
大草原无遮无拦的骄傲
都在滚滚而来的碧波里放映

牵着大森林大草原一路走来
皈依林城只为一种使命
朵朵浪花是最好的注释

处处倒影是最美的风景

雨后的森林草原整齐地立起来
它们神采飞扬　它们绿意蒙蒙
岁月也会老去
林城却不断年轻
一次难忘的经历　一段生动的故事
使风在阳光下成功
我们也在脑海里
一遍遍打捞丢在林城的诗情

云龙山庄

云走在高高的天上
龙在人的梦里畅游

起起伏伏的山路
是游子百结的心事
别致的木刻楞装进
连绵不断的乡愁

谁的山歌响遏行云
谁的舞袖让龙回首
三碗下马酒让谁的脚步凌乱
三碗上马酒又让谁目光温柔

岸上野花迷眼
河中浪朵含羞
吊桥晃尽了层层心事

柳丛拴住了长长乡愁

来时满身惆怅与疼痛
归去一路快乐与轻松

龙凤湖

是谁在那里撕扯我的声音
藏在暗中的你的无形的手指
让一颗单纯的心战栗
如风中抖动的湖面

我的诗歌已长出金色的羽毛
悬浮于湖面
有没有被你的浪花打烂

你能听懂我的吟唱吗
鸟鸣　风止于树尖儿
你会不会在一朵浪花的清澈中
背弃奔向大海的誓言

一朵花在岸边走完一生
一只鸟从湖面预支黎明

没有苦难可以重复
等待也会驾着浪花远去
正如天上闪烁的星星
我仰望她是为了和她缠绵

临别时　我将诗歌一句句抛进湖面
连同蒙尘的心　一起洗得透明
也许这是另一种涅槃
生命的本真穿越时空
博大的回声
正在我滚烫的脉管中
伸延

喇嘛山

造物主给你一种
深邃和庄严
酷似喇嘛的形象
使你有高不可攀的伟岸

一味的严肃和冷酷
是你面对所有季节的假面
即使少男少女们
叽叽喳喳地爬到你的身边
你也以无动于衷显示孤单

头顶上的天空总是湛蓝而高远
脚下簇拥着不知名的锦绣花团
但你还是每天都眺望着
山下的灌木丛和村庄的炊烟

面对你独特的形象
关于你的传说便会复活
便会栩栩如生千古流传

博克图(外三首)

绿色簇拥着小镇

青翠滴满
一山又一山

这是造物主
设置的悬念
这是一场梦与另一场梦的
邂逅与团圆
这是人与自然的和谐过渡
这是天籁般动听的诗篇

一山又一山的翠绿
簇拥着博克图
像动与静的门槛

像明与暗的瞬间
这天然大氧吧的驿站
这让生命自由呼吸的家园

一山又一山
都绵亘着
绿色的爱恋

红杜鹃

这面山坡上只有火辣
红红的
一片又一片
那是夏秋冬的孕育
捧出的盛宴
那是大自然的神工
绘出的梦幻

一树又一树的火辣
像报春的使者
以短暂昭示永远

今夜

今夜,月光多像一位见证人
长长的堤岸上
鸟的翅膀无声地划过
肯定还有我想象不到的事情
正在悄悄发生

还有什么慢下来
伴着河岸行走的水
长堤上牵着手的投影

一些花败落了
一些花还在盛开
月光静静地走在花开花落间
牵动着我幽幽的梦

水流过浅滩

水流过浅滩
只是流过
匆匆地来，又疾疾地去

匆匆地来
沙岸一次次拍动
疾疾地去
卵石一年年不语

水流过浅滩
一年又一年
岸边的柳树绿了又黄
黄了又绿

水流过浅滩
倒映着河边的我

昨天的顽皮少年
今朝满脸胡茬子的男子汉

不曾窥破世事
也不曾过分失意

扎兰屯

只要义无反顾地走近你
相思就是心仪

我马不停蹄地奔向你
思念的翅膀却落在
我兄弟的肩上
那是相知二十年的积淀呀
歌唱也罢　倾诉也罢
相知是我和兄弟之间的一种必须

我就把你当成驿站吧
朋友才是我一生的储蓄
声名有无也罢　成败得失也罢
内心的平实
更是人生胜利的全部意义

走近你铺天盖地的绿色
惊羡你天然透明的主题
烫一壶浊酒
友情在浓烈中
发出幽幽的香气

酒喝干　再斟满
送一程雅鲁河的浪花
《我不想说再见》
谁也不能唱起
该了的
就让它随风而去

短短的日子
深深的交情
秀水长亭话别后
脚不得不选择回家之旅

柴 河

谁把你的身体囚禁于深山
你的名字却驰骋到五湖四海

绰尔河生生不息
浪花追赶着时光和天籁
彼岸该有养眼的树木
却被浓雾包裹得实实在在
满山的花和养育人的庄稼
也潜入视野之外

喊一声你的名字
许是旷野太深太长
我的声音
坠入深不见底的雾海

是声音走远了吗

红顶白墙的小镇怎么不见了
享誉中外的月亮湖
也隐去了娴静的风采

待雾霭散尽在谷底
银光闪烁的绰尔河
依旧耀眼而气派
月亮小镇在大山的臂弯里
出落得更加精彩

阿伦河

我知道
你被一年年的月光浣洗过
你被一层层的欢笑陶冶过
才百般地迷人和剔透

应该把那只弄潮的船儿挪开
不需要这诗意的感受
其实窗外就是春天
到处都是柳柔花羞
怎么秋天偏偏躲在你的深处
让人迟迟领略不到醉心的丰收

明明知道　人生
就如你岸边柔弱的草
寒霜打过必然低下高傲的头
却如此执着

宁可悄然地
化为一朵明亮的浪花
永远与你一起游走

尔基水库

海一样不平静的水面
岸边　酣睡着几只小小的渔船
几尾什么时代游来的梦
织着涟漪形的锦缎

是厌倦了太多的曲折
而满足于不惊的波澜吗
我带着盛夏的炙热
走进你的生活
你却给我一泓沁凉的恬淡

也许你每天都做着入海的梦
站在你的身边
我分明感受到了你心灵的震颤
也许　在哪个狂风如涛的雨夜
你会在入海的梦里
激动成一江如山的狂澜

萨满铜像

多少时光随流水去了远方
你却稳稳地坐在莫力达瓦山上
曾经呼风唤雨的神衣
躲在博物馆的橱窗里消磨时光
神奇的鼓槌也不知去哪里流浪

匠心独运的达斡尔民族园
只配做你的背景
你心静如水地屹立于山冈
任凭凛冽的风掠过你的眉梢
任凭狂暴的雨敲打你的胸膛
也许强悍的那文江水可以磨洗出
千千万万颗圆滑
却无力修改你的仪态万方

不管山下闻名遐迩的曲棍球场

怎么喧闹
你不改声色地
看破世态炎凉

嘎仙洞

那么多的石头坚守着
一个幽深的洞天
那片大森林如无边的手
牵着我一次又一次流连

想当年　祖先们
对酒当歌在河的东岸
嘎仙河波涛汹涌
挡不住他们穿石的弓箭

大森林浩浩荡荡
任雄鹰的翅膀在头顶上盘旋
穿透力极强的呦呦鹿鸣
从谷底升起脆生生的期盼

而今　歌之舞之的大鲜卑山

依旧把游子的双眸望穿
嘎仙洞生长沧桑的石壁上
依旧镌刻着记忆历史的遗言

是史实　是传说
是偶然　是必然
就像稳坐高山上的洞府
一任后人叽叽喳喳地评判

篝 火

是什么腾起的烈焰
把我的生命照耀
让我男子汉的胸怀
瞬间涌起万丈情潮

冲天而起的篝火
映红了满山的杜鹃花苞
我生命的花期
也在黑土地上春意喧闹

噼噼啪啪如父亲一样火爆
红红火火如母亲温暖的怀抱
真真切切如爱人香甜的热吻
轰轰烈烈如友情真诚的偎靠

是什么将我的生命照耀

我默默感受真心祈祷
篝火烤暖的春风
让所有幸福绽开花苞

巴彦胡硕情结

从海拉尔风尘仆仆来看你
你的每一种媚态都是野生的
我想理直气壮地与你为伴
一生选择忠诚地守护

当我挥动牧鞭
耳边是否会响起美丽情绪的蹄声
即使上敖包山路的石子被岁月磨圆
即使下伊敏河的石阶被眼泪滴穿
我也不再回返
我和你
去做染绿巴彦胡硕的一棵草吧
或到一片山丁子、稠李子树上
做因贪食春色而张不开翅膀的小鸟

伊敏梦寻（组诗）

那天，伊敏河落下小雨

那天，伊敏河落下小雨
雨丝在水面
织一圈一圈秘密

很瘦的山
很春的水
被草原风吹绿的目光
——与你对视

我忽然忆起一段故事
那个达子香开满的春日
那行星星雨叮咚作响的诗句

此刻　你也在怀想
或者正向怀想走去吗
一只只水鸟扑扑飞起
飞成别离的情绪

那天，伊敏河飘着细雨
雨丝在水面
绣许多恼人的涟漪

五月，我们的花迟开

五月，我们的花迟开
在伊敏河　在草原
在你潮红的目光上

草原路熟悉地走来
走成大方　走成温暖
走成火的碰撞

也许　爱情本该如此
走出残酷的冬天　又必将
开放在一片温馨的阳光上

我挽住你羞怯的目光
你在我黑眸子的奔放中舞动长裙

白头翁　紫丁香旋成万花筒
只有这五月

生生死死　永远记住吧
记住　这是我们的五月
五月，我们的花迟开

山那边，六棵松的故事

远远的那一片葱郁不见踪影
山那边，六棵古松
是六面砍山大汉的女人
舞动的黑纱巾

六员砍山大汉长眠于一场山崩
而积年的风雪未能击散
他们在绝顶上的辉煌
长满苔藓的伐根上
依旧铿锵有声

后来
援山而至的砍山汉的女人
泪做滚滚伊敏之潮
企盼抽出六枚松芽

再后来

有人凿开地球

阳光扑棱棱走进黑森林

照见砍山大汉的胸膛上

六棵古松错节盘根

山那边，六棵松的故事

悠远又朦胧

七五三高地

七五三高地不长敌情

七五三的胸膛上结满芨芨草和白头翁

伊和诺尔巴嘎诺尔相望不相及

海伊铁路与公路铺排一种风景

几年前　七五三曾令登临的人们

目光一淌过伊敏河

便孵出许多憧憬

几年后，前人走过的脚窝野花迷眼

伊敏梦被后人一圈圈做圆

如今，我也成了圆梦的赤子

立于伊敏之颠　回望

漫漫来路被盈盈寸草覆盖
寸寸是心
寸寸是我那痴情至死的白头翁

伊敏河

让目光追随你
让脚步追随你
追随你的漩涡你的浪朵
做一次坦荡视野与胸怀的跋涉吧
伊敏河
无论你牵着草原
会骄傲地走向哪里
我都要去追随你
化作一片大草原的土地
让马蹄撞响我的脉搏
让胸怀平添一缕悍然的豪气

无论你走向哪里
我都不会忘记追随你
栽下绿树播下绿色的种子
将来定有那样一天

在我驻足的地方
会浓缩一角
大草原的庄严与富丽

红花尔基

一路念叨着你的名字步入松林
不觉醉倒
此处竟有比仙境更醉人的享受
醒时但见樟子松林的臂弯里
斜靠着柔若无骨的人工湖

三两个钓翁　一排排游艇
有韵味的山林　没遮拦的绿意
梦里的情景与现实一一叠印
被浪花咬湿裤角的你我
一步三回头之中　窥见
一座座浪漫情怀的木别墅
在微风里悄然怀春

维纳河四题

落日

落日的巧手
在诗意的远山远水里
绘出一张张
躺着　挂着　站着的
撩人的风景画
晚霞迷醉
抛出一个媚人的眼眸

因于维纳河的流淌
夜变得很浅很浅
浅得可以跋涉
鸟儿们回家园入梦去了
花香阵阵犹在拦路

维纳河的两岸
踩着落日的影子的
是诗人寻章摘句的脚步

话题

在记忆的屏幕上
一次又一次地闪现你
刹时如古瓶般深邃起来
可以插满
眷恋与亲昵

我们尽可以像当年
躺在林边的草地上
看野花肆意开放
听维纳河汩汩向西
你不用多虑蚕儿作茧自缚
我也无心考究
蜂蝶为他人传宗接代的奥秘
让心泉
在相知的欢笑声中哗哗流淌吧
谁还期望来年花期

恍然在梦里

一别三五个春来秋去

芳草地飘起香馨的歌谣
白桦林孕育动人的诗句
我们又从神泉山下匆匆来去
那么多怀想　那么多追忆
谁还能不执迷

维纳河蓄满别意
神泉山依旧耸立
回头却不见了你
那次肝肠寸断的离去呵
那些潸然泪下的话题
我的心事紧攥在你手里

车轮滚滚而去

守望

从敖包山上下来
林甸渐渐空旷
山风有些桀骜不驯
维纳河里的水也变得猴急

就像林场里丰满粗壮的人

一拨一拨奔下山去
扔下弯着腰的留守老人
和他们忠实的伙伴
守望在木栅栏围起的小院儿里

敖包山上下来的风硬硬的
林甸上的草一年年回黄转绿
神泉住着的地方
土生土长的面孔日渐稀奇
家园有些冷清　有些孤寂
而手牵着大森林的维纳河
却依旧澎湃着奔向天际

游鱼不会再来

此刻　我好比一截干涸的河滩
躺在无人问津的荒凉里
我的激情燃烧的岁月
已随波涛远去

假如　你不经意从我身上走过
假如　你真的因我而焦急
我会由衷地说谢谢你

在缺滋少味的荒凉里

鸟儿为曾经喧闹的日子哭泣
我真的已是一截干涸的河滩
哪怕死灰复燃的爱情
还在苦苦挣扎

可惜呀　干涸的河滩上
游鱼不会再来
游鱼不会再来

额尔古纳

将你无边的湿地
招蜂引蝶的油菜花
摄人魂魄的白桦林
统统纳入我的视野

在无聊的日子里
当寂寞如冷风飘临
便细细抚摸你暖暖的微笑
让一种无上的充实
迅速流遍全身每一个细胞

那上面
有额尔古纳河的欢笑
有苏波汤列巴花浓浓的味道
而我总记得夏日的那个时辰
涌动着内心的热情走向你

你一时新鲜得像这个季节的阳光
开花的欲望一波一波喧闹

而今　从镜头里千遍万遍地读你
果实或者友情的花苞
便成为诗中意象
隔一段距离无限妖娆

黑山头

伴着黑山头的风声雨声
我们高声朗诵

诗人难得一聚
诗心怦然而动

来吧　再唱上一曲
《千年流淌的额尔古纳河》
风声雨声里谁还隐藏真情

邀河面上那群白鸥
与我们一起
将那珍贵的时刻吟咏

白桦林

以震撼的神情
以排他的气势
我在白桦林里等你

请举起最初的叶片聆听我
春天我没有语言
许多话都被白桦树说了
所有的日子朝着一个方向
激动非分的想法埋进梦里
漠然地长成不知名的野花
静静地吐着扩散的天空
阳光温柔如手
我抖擞浓浓的诗意
把枝头坠成一条弧线
等你来攀援的甜蜜

是的　我在白桦林里等你
即或错过你的花期
注视你的结果
也是不可抗拒的美丽

恩　河

恩河水很瘦　缓缓
向低处走去
恩河其实站得很高
蓝天白云都窥去了她的秘密

被恩河滋养的人
以清清的水的姿态迎客
淡淡的味道
却让八方来宾品出
浓浓的诗意

水是最宝贵的
恩河人知道这个道理
总是用真诚和朴实
留下人生河岸上坚实的足迹

恩河的确站得很高
你翻过几座山包她依然不息
畅饮过恩河水的游子
知道拥有一滴恩河水
便尽知了人生的真谛

室 韦

一个小镇
是一条河的记忆
活得累了　你去看一看她
就少一些失意

一条叫额尔古纳的河
从小镇的身边
春天涓涓而去
秋天涓涓而去
不知水面上迷人的涟漪
是向哪个游子泛起

额尔古纳河又像一面镜子
在室韦的身边偎依
哪个游子一旦钟情于她
心底就漂起诗情画意

根　河

在山沟里　根河
向天空举着自己的花朵
落叶松的眼神儿
在河滩上绿意初萌
黝黑的土地上
一节一节生长
四野充盈着涛声

那些枕着松涛入眠的人
满目都是森林滋养的血性
花草树木在他们的心里疯长
他们的血管有根河的浪花
在一波一波地骚动

莫尔道嘎

多雨的季节过去了
莫尔道嘎在翘望

苍狼为谁在哀嚎呢
白鹿又将奔向何方
传说为什么总长着飞翔的翅膀
守林人又为谁一年年地张望

被雨打湿的白鹿岛默想什么呢
游子的目光在激流河中打捞什么呢
无雨的日子
北国莫尔道嘎
晴朗了造访者的心房

陈巴尔虎草原

我一年四季流连这里
如今坐在桌前写诗
她已是我身上喷张的血脉

到陈巴尔虎草原
你最好是六至八月结伴而来
无边的披碱草绿成一片片精彩
满眼的花一点儿也不瘦
它们竞相开放
常常让游子忘了灵魂的存在

与迷眼的野花相伴
成群的少女从草原上走来
巴尔虎少女　曾经以长调
响遏行云而闻名四海

多么丰腴

这片盛产美女长调和骏马的土地

我身边常有朋友为爱而犯错误

就是那种一个少年和一个少女

无比甜蜜的错误

在法律之外

就像马莲开满淡蓝的花朵一样

自然而然地存在

啊　邀人入梦的陈巴尔虎

无遮拦的天堂草原

骏马　少女　花浪　草海

思念你们让我的诗心荡漾

我多情的诗行

是否也让你们青睐

莫尔格勒河

莫尔格勒河
雨后
高高的巴特尔坐在金帐汗里喝酒
他喝酒时
把九曲回肠的莫尔格勒河
很随意地铺在雨后
呼伦贝尔绿毯般的草地上
引得亭亭玉立的城市姑娘
惊惊乍乍地跑来观望
悄悄掬一捧浪花般的羞涩
又红透了脸躲进草丛
巴特尔找她找不见
因四周的草原都是起伏着的
呼伦贝尔迷人的绿色

哈达图

生长在岩石上
我的故乡以一种执著生活

长调和套马杆
为无边的绿色驱走了寂寞
遍野的庄稼
学会了大草原的无拦无遮

我是回来圆梦的游子吗
穿过生长梦想的黑土坡
喊一声我回来了　乡党
小麦油菜们的掌声连天响过
我听出有个疼痛的声调
是年迈的父母在吟唱
儿郎归来之歌

宝格达山

我来了　向你洞开着心扉
一些圣洁的云牵动思绪
从山脚下一行一行升起
诗人寻找诗意的步履

我仰望着　那些恩泽的阳光
比我更贴近一颗颗心灵
那持续的新鲜的律动
把草原雕琢得芬芳四溢

我来了
你一动不动地站在那里
那种思想的波涛
却不断深入我们的心渠

长　调

一个我没记住名字的少女
在巴尔虎草原上
为朋友们也为游子
演唱响遏行云的长调

并不是　所有的朋友
都能听见她的歌谣
此刻　少女的玩伴们
就在马背上奔跑

长调的声音
来自天地间的舞蹈
在巴尔虎草原
所有人的中间走俏

并不是每一个人

都能唱长调
但这种天籁之音
在平静的日子里
让所有人的生活美妙

第四辑　异地采风

穿越阿尔山（外二首）

让我们怀揣一个又一个向往

在秋天穿越阿尔山

穿越五颜六色的风光

穿越红红绿绿的果实和沉甸甸的思想

穿越石塘林

火山熔不尽的堰松在成长

堰鼠打着口哨

在一粒粒金色的种子间奔忙

面对闻不到硝烟的赤壁

红色的诗句犹在闪亮

穿越阿尔山

听　地下河像你我的内心

汹涌着波浪

看　杜鹃湖孕育的花朵

在每个人的视野里开放

穿越阿尔山
让生态的景致铺排视野
让清新的空气灌满心房

有一天我们回到故乡
萦梦阿尔山的日子里
阿尔山的阳光
依然照耀我们的健康

阿尔山遇雪

与六角形的雪花遭遇
沉默是必然的
远处的山与近旁的草地
都铺排着纯洁的奥秘
灵感的翅膀也飞翔着诗意

与六角形的雪花遭遇
在偌大的冬季的北方
抑或在呼伦贝尔算不上稀奇
但在阿尔山　心底开花的欲望
却蕴含着许多羞于见人的秘密

与六角形的雪花遭遇
你我在异乡的舞台上演着喜剧
背景为一树寒梅和一地期许
你的红毛衣点缀了雪地
我的诗句照亮了你的心底

在阿尔山生活

在阿尔山生活
在泉水边栖息
泉水处处　寂静无声
其实是有声的　发出声音的是河流
仔细听一听
阿尔山的内心也很不平静

高山上　呦呦鹿鸣与林涛呼应
草野间　牛羊的欢叫与牧人的长调奏鸣
泉水无意滋润了阿尔山
泉水有情雪亮了牧人的眼睛
泉水还让生活在身边的人们得到了灵性

哲人说　发现阿尔山　是注定
庶人说　找到泉水　是吃惊
诗人说　在泉水边生活　是荣幸

岷州之旅（组诗）

岷山

你是雄性的
有没有观众
你都屹立着
影子没半点儿摇晃

作为你的游子
和你近距离地守望
你伟岸的轮廓
荡涤去我一身的尘埃
和满心的忧伤

用你的形象作为背景
走着抑或躺下

都能听到你男子汉的粗犷
野味儿十足地
在我的心灵里歌唱

二郎山

用民歌和苍翠养高的你
漫山遍野飘着爱情的花儿
谁在六月的香风里
来品茗原滋原味的野性

山脚下富饶的县城
跟着你豪放
跟着你多情

今朝做一次你的游子足够了
哪怕还有渴望的眸子
一回回动我心灵

狼渡滩

你凶险的名字
让历史一度倾心铭刻

鲜艳的花与嫩绿的草

黑黑的牦牛　白白的绵羊
都是我要吟咏的诗歌

多么美好
这些鲜花　啃去而又复长的草
细雨　河流　飞鸟
都是降临我们心里的恩泽

广阔的草滩上
寻觅不到野狼的踪迹
只有作为游子的我们
和岁月打马而过

这脉仙地
红军也曾相扶而过
前辈的心飞向未来
青春却定格在狼渡河
指点江山的毛泽东
也把好风水留给了
不断前行的后来者

腊子口

岁月穿梭而去
腊子口还在扼守什么

作为游子的我们
为曾经悲壮的传说所惑
多少梦想成为落花和蝴蝶
日子遗忘在野草莓亮眼的河岸
心却像飞鸟
从腊子口的天堑上掠过

仰望一脉天堑
历史的硝烟早已寂寞
如今进进出出的
都是来寻找幸福的旅者

渔汉子
心目中的另一半世界（组诗）

我们这群渔汉子

在《额尔古纳月夜》这首歌里
撒网声是我们自己的主旋律
那从南开区辗转呼伦贝尔的老天津
总听成儿时细雨淋湿的呓语
而蒙古大汉——我们的渔业队长
总幻想成无遮无拦的草原上
那如闪如电的坐骑

在我们古铜色的胸膛上
没有长头发撒娇或者慷慨地
馈赠一片温存的时辰
我们蓬蓬勃勃的主旋律

总是大大方方总是轰轰烈烈
奏出我们收获的甜蜜

而太阳的热情烘干大网的白日
我们便大喝60度的老白干大吹不上税的牛皮
嘴上拼命地奚落女人挖苦女人
心头却滴血地渴盼女人
甚至疲惫不堪鼾声如雷之时
也忘不了把床头那幅已褪色的美人照
又一回甜甜蜜蜜搂进梦里

长头发的买鱼人

没想到做梦也没想到
男子汉的王国中冒出一个女人
嘿嘿，女人……
这一天鬼使神差 我们
骂大街扯大皮什么都干的我们
忽然变得细腻变得斯斯文文

从前我们总是站到窗根下
就很响亮很响亮地小便
现在跑得很远很远还紧张慌神
从前我们的胡茬子总疯长到几寸
现在刮得发青还觉着见不得人

从前我们大喊大叫声嘶力竭地骂人
现在和风细雨还感到有失身份
从前小贩们顺手牵羊我们总争两论斤
现在搬多了两麻袋我们都假装漠不关心
……从前呵,从前的太阳打西边升起
从前呵,从前的一切都倒拨指针

现在,大日野车已开始了潇洒的颠簸
她那黑亮黑亮的秀发一甩就拴住了
我们的眼神
我们突然意识到一种怅惘一种若有所失
一种若有所失绕梦牵魂

界河对岸有一群异国少女

上帝特制的大脚踏得呼伦贝尔草原
呼呼直晃的我们
轰隆轰隆的大笑把额尔古纳河
震得发晕的我们
很钟情于界河对岸
那一群度夏的异国少女

时常我们坐在这边的沙滩上
抽拇指粗的旱烟
谈土屋的憋闷与洋楼的阔气

心弦总被界河对面
那一群少女的眼波偷偷牵去

有时真想让额尔古纳河
变成一面弹尽我们孤寂的竖琴
有时又向往没有界河的禁忌
我们就游过去把笑声叠在一起

有一天少女们叽叽喳喳地走了
我们呼啦啦站起来呆若木鸡
那一种赶也赶不走的怅惘
让我们顿然失意

偷摸人家女人的汉子

喝额尔古纳河水变粗变壮的汉子
大大咧咧却不缺少普通人的情感
我们憧憬小夜曲中的梦幻
更企望月影下真实的缠绵

终于理智无法抵御冲动
那个叫铁塔高大如铁塔的汉子
在那个充满情欲的月夜
一脚踹开了尘封日久的栅栏

我们的骨节开始有节奏的震颤
炉火焚烧真想是一群窥探的星星
真想……让那个牧羊人妻子的拳头
也实实在在砸上我们的双肩

有一天铁塔痛苦得发蔫
痛苦得老白干搁了一碗又一碗
我们有些幸灾乐祸
又觉得他十二分可笑十二分可怜

后来听说牧羊人妻子的裤腰带上
又缠住了一个小白脸
后来听说铁塔醉酒后摇摇晃晃
摇摇晃晃又去掀牧羊人妻子的裙摆
后来警察请走了铁塔
后来……后来
我们的愤怒攥得格格响
真想把那个骚货捶个扁扁扁扁

伐木工的诙谐曲

一

遗忘了雪橇寂寞了雪爬犁
翘起咔咔解冻的胡须
我们以男子汉的剽壮
咚咚咚走进城市 走进
风流地扬起洒脱的城市
在众目睽睽令人炫目之下
城市的千百双明眸
也流盼我们

二

我们呼吸松涛制造松涛的嗅觉
我们禁闭淫风洞穿雪线的眼帘
习惯了霓虹灯眨眼的夜生活　我们

会在花卉展名画展的橱窗前流连忘返
会泡在歌舞厅里陶冶情感
会因一场精彩的足球联赛拍红巴掌
会在欣赏完时装表演而可恨地失眠
有时迪斯科和霹雳舞诱惑我们
使我们的脉管骚动心血潺潺
我们咚咚咚咚大大方方
走近西装革履 走近
牛仔裤绷起的丰满

让我们山林的气息眩晕他们吧
让我们粗犷的旋律震颤他们吧
让那些总是睥睨我们的公主
主动欣赏我们欣赏她们的王子
叫她们把我们当作谈论的主题
令她们替我们旷达的风度失眠

三

偶尔我们中间的哪位冲动成背叛
我们就轮番刮他的鼻子吊销他的奖金
或者在花烛之夜找他们的麻烦
如果有哪位轻佻曾用骄傲
粘住了我们的好奇划亮过我们的瞩目
然后撇撇嘴甚至让我们之中的哪个

在冰雪之夜瑟缩半个钟点失望半个钟点
我们会用语言的冰雹砸她的矜持
漂白她的脸颊让她的良心发颤

四

当我们带着许多幻想许多满足
回到山林 我们的眉飞色舞
会令守林人惊讶
催腊梅发华叫猎狗垂涎
而当夜阑人静我们的心会挤出木刻楞
扑闪回城市 在暗自发笑暗自辗转之时
嘻嘻哈哈搁三碗老白干的身板
怎么也顶不住十万吨的思念

五

当雪橇雪爬犁狂欢
白毛风撕裂桦树林
寒冷围攻木刻楞戏谑木刻楞
我们的胡茬子开始悬挂冬天作响冬天
我们便幡然醒悟
鼾声锁不住紧张
我们的根须原扎在雪线上面
我们胸膛里滚滚的松涛
涌动起山林的呼唤

雪原的旋律

雪窝子里旋开的龙卷风口
轰轰隆隆地吐出冬季
粗重的呼吸
霜结了落叶松赤裸了山林

风卷。雪崩。不温柔的大高原
大把大把地纷撒雪花。野性
抽打着韧性、抽打着伐木工
季节锁不住风雪、口哨引诱
方向盘也轻松地挑逗
拖拉机大口大口喷雪茄烟
膨胀老白干的激情。男子汉
便扯开胸怀,冻不僵的目光
撞响山林,惊呆山林

雪鸡、雪鹰,翅膀

捎动木桦子的暴躁

火舌——迪斯科舞的疯狂

卷起白毛风。冰雪冻裂

木刻楞从缝隙中吸进寒冬

大兴安岭人却借助这股魔力

在北纬48°的风雪线上

集材、集材，大垛的原木

堆起冬天里烫金的秋天

冰雪消融的时令

大森林开始怀春

伐木工的日子却冻结了

冻结的日子里

雪橇、雪爬犁寂寞了

伐木工也醉卧

在滴答着烈酒味的胡茬子里

听落叶松吱吱地拔节

看白毛风打着旋儿泛滥

思念也落地生根

跷着脚渴盼女人，来开花

来结果，那果实必定红艳艳的

像北国红豆，缀满莽原

男子汉般隆起的胸前

当女人的温情熏软

最硬的男子汉，女人的心
便沉甸甸地装尽整个森林
思念折叠着
从男子汉的肩头柳丝一样
垂下大兴安岭
男子汉们便伐木便吼顺山倒
季节也能从他们那喘着
粗犷的油锯里、狂欢里
奏出滚烫的团圆

一个人和一群人的故事（组诗）

男子汉宣言

洁白洁白的连衣裙旋转着
旋转着……少女的叽叽喳喳
便想统领我们男子汉的王国
哈哈！十八岁还是混到娃娃堆里
让淡紫色的鸢尾花开放天真去吧
我们的胸膛可不是停泊撒娇
停泊哭泣的地方
我们的肩膀也不能替你
承担风雨替你顶住颠簸

从前，那个膀阔腰圆的老爷书记
总是睨视我们　总是
把建立青年之家的设想推托再推托

如今，你这个十八岁的天真
怕是不能披荆斩棘　怕是还得
让我们烧酒为侣 烟圈
在朋友的脸上开放寂寞
啊啊！给我们安代舞的狂欢
给我们乳花般的惬意吧
我们坦荡胸怀坦荡视野
坦荡我们纵横驰骋的男子气
等待　等　待　着

惊呆的目光

团日团日　剪不断理还乱
念不完读不烂学不透
单调！单调在我们粗糙又粗糙的脸上
凝成冷漠

忽然　不知谁的一声惊讶
我们的好奇心翻越人群翻越窗口
一个身影、身影轻盈又匆匆
走出丁香花丛走进我们的惊愕

你，虽不是使萨日朗花黯然
失色的姑娘　但你的魅力
还是惊呆了我们惊呆了我们的目光

我们一群年轻的心追随你
洁白的连衣裙与胸前的蝴蝶结　开始
震颤、震颤……

我们不知该说些什么　安代舞的旋律
骚动我们　臂膀颤抖
目光流淌爱慕　那些
冷言冷语　在我们本来矜持的
嘴唇上痛苦、痛苦地抽搐

风风雨雨

打击乐还在膨胀膨胀
涌出门道涌出窗渠
鼓荡在蒙蒙的雨夜里

刚才　我们召开了团代会
女书记的就职宣言
也刮了一阵大风也下了一场暴雨
字字句句从我们的心里蹦出来
还真带几分诗意

……眼睫毛挑起豪气的你们
攥紧草库伦会挤出一片葱郁
舞文弄墨精雕细琢的你们

画龙戏水　写文铄金
反正我们蓬蓬勃勃总得寻找
能够施展抱负的土地
现在我宣布：蹭亮高跟鞋
系上冲动青春的领结领带
让目光晃动草原晃动期待吧
下一个周末等待我们的
并不一定就是放松肌肉、放松
神经的惬意……

交织的心曲

为什么我们鲜红的脉管
总是激烈激烈地骚动
为什么我们的信念和希冀
都蒙上了神秘又兴奋的色泽
难道难道说我们男子汉的高傲
都被你媚人的十八岁的酒窝
旋进了少女水灵灵的羞涩
啊啊！我们黑红黑红的脸膛
开始流淌妒忌　肱二头肌
开始可怕地隆起　嫉恨
那个会捆两句顺口溜的小伙
女书记的目光总是温柔地
抚摸他　总是跟他

讨论什么壁报团刊歌咏会
殊不知我们的青春托举信仰托举忧伤
也勃发爱情勃发欢乐
我们的意志能让肱二头肌隆起力
也能庄严地履行我们神圣的职责
啊啊！让你的目光狠狠地擂打我们吧
擂打我们的生命炽烈如火
栽上一排小树
又是团日　又是女书记的明眸
流淌益民活动的日子
我们扶起一排小树走上山坡

有一天　树枝会因我们而吐绿
会替我们生长绿的空气
鼓荡绿的雄风
也会赋予我们男子汉
铁的筋骨钢的性格
还可能会储藏一支歌
一支歌坦坦荡荡
在我们记忆的峡谷
永不沉没

我的女人

一辆驴吉普颠簸了我们
几声犬吠叫开了门
你的目光走进去,走近爸爸
爸爸额头那岁月纵横的褶皱里
膨胀出公公的得意
你的目光走进去,走近妈妈
妈妈眼角那年轮冲刷的沟壑里
欢畅着婆婆的甜蜜
你的目光又微笑着
走进你男人的心里
你男人的心里结出一个
水灵灵水灵灵的满意

就这样,乡野的风
摆着尾巴,欢迎你
这城里来的花枝
开放在一个青年农民的春天里

是那张粉红色的结婚证书
拉起了我们颤抖的双手
把你从一个城市姑娘
改写成一位乡村媳妇
你没有惋惜
那甜甜的笑靥中
舒展了许多，许多
羞羞答答的亲昵

你不怕别人说你是农民的妻子
扬头甩掉那些恼人的闲言碎语
毅然决然地挽起我的臂膀
旁若无人地挤进闹市
让你的惬意在我的臂弯里栖息

即便第一次走进婆家
你也依偎了那面土炕
用你擦亮火柴般的行动
宣布了你与农家的亲密
因此，你才喜欢那无数颗
挂在木梳背下的黑葡萄
喜欢那串串甜甜酸酸的
还飘着奶子味的羡慕

你也有过叹息
叹息婆家的日子像那锅
发不起来的黑馒头
但你没有埋怨
当晚,那只熬红了眼的灯泡下
你跟公婆一起策划了
关于农家富足的问题

当我送你回到城市
你我便含泪对视起悒郁
又该用那悠长悠长的目光
串起我们沉重的思念了
又得等心中爱的旋风,艰难地
吹黄三百六十张台历了
那最后几张才会飞出鸽子
才会飞出我们相会的佳期

那么,我们就静静地坐一会吧
在一起,明晚这个时辰
迟到的月光会虔诚地等在
我们话别的那块土地
但我坚信,即便千里万里
悠长又悠长的相思
也寂寞不了我们的心曲
来年春早,我这块土地般肥沃的胸膛上
还会开放一个温暖的团聚

草原的太阳

沿着深入草原的小路
走回记忆繁茂的地方
那时我是一个没长胡茬子的男子汉
黑葡萄般的眼睛因父爱一天天晶亮
准男子汉的身板因母爱一天天茁壮
那时我就觉得隔壁那个
扎羊角辫脸膛红红的姑娘
是亮在我心头的一盏小太阳

日复一日我变得越来越虎背熊腰
年复一年她出落得渐渐山青水亮
那时每场疯狂的安代舞停歇下来
我和她都仿佛沐浴着满身真实的阳光

后来她哭得昏天黑地之中
被嫁过了那道山梁

后来我拳头攥得格格脆响之时
一跺脚走出了生我养我的村庄

一晃时光十五度轮回再归故里
古老的安代舞依旧被跳成崭新的太阳
但大碗喝酒大块吃肉的时候
我却觉得心头游动着几缕忧伤

林 中

把一群梅花鹿
移到一片
挺拔的白桦树旁
画面一下子便鲜活起来
便有诗的意境跳荡起来

惊飞的鸟
叽叽喳喳说些什么
我们无法破译
东张西望的鹿
声高音低地交谈什么
我们无法澄清
艺术家理想的森林里
远离硝烟与争斗
一定非常精彩

尚未封冻的水
静静地流淌着
梅花鹿的姿态很迷人
白桦树的倒影很迷人
我幻想的时光的河水里
那些让人颤栗的东西
也很迷人

萋萋芳草地

想象那年
城市以外的世界里两人的
视野里找不到村庄
青青的山也仿佛在远方厮守
如今又是芳草萋萋铺满日子
又是野花传情暗香盈袖
却让我独自细细地剥取
馥郁的记忆

真想像芳草一样依偎温馨
真想像野花一样呼吸甜润
真想在梦一样轻轻撑开的阳伞下
享受甜蜜
孤独的日子里只能
自慰相思的美丽
万水千山之外

雾的手掌还是柔柔地伸过来了
芳草的足迹还是青青地铺过来了
朝思暮想之中
两情已是久长时

悄悄话

这是一个熟透了的季节
随意哪个角落
都可采撷到飘香的诗意
这个时候果实落地
犹如制造一首首乐曲
这个时候心扉敞开
不必有什么顾虑

趁奶桶已盛满了丰收的甜蜜
趁伙伴为一条激奋人心的消息着迷
快把心里的话和盘托出吧

任何人都无法回避这个过程
如熟透的果子必然要落蒂
珍藏再久的话语
在知心人的耳边也不是秘密

回味往事

往事本来是鱼游心海的
被谁一甩钓钩就钓出来了
如今,仔仔细细地回味
似有尝不尽的酸甜苦辣

想当年 就两盘淡菜
你我曾共饮一壶老酒
话题从天南扯到海北
却永远是崭新的
如今 在昨天的画面上
你长久地沉思着什么
你用心血铸就的作品
也呈各种各样的姿势
活灵活现地陪伴着你

岁月永恒如水
往事似一尾尾
曾经活蹦乱跳的鱼
尝过一口就让人终生回味

月夜松影

许是熬不过太空的孤寂
要么岂敢违背天条
偷临尘世品味逍遥

渐趋朦胧的云朵
仿佛漫不经心
只有初吻
显得蓄谋已久

月晕白白　松影青青
守护六角梦的伊人
倾听着朦朦小路上
那传递心跳的足音

盼

许多像嫩芽一样的心事
几乎撑破了这扇小窗
许多似彩云一样的春梦
飘来飘去绕着这间小房

许是到了该收获的季节了吧
面对旷野上的片片果实
你好像闻到了爱情的馨香
内心的喜悦怎么也按捺不住了
你红红的苹果脸
期盼着情郎哥来品尝

温 情

有一种情暖暖的
在冰封雪盖的日子里
美丽而娇艳地绽开

蓦然忆起多年以后
许多萦梦的故事便迷乱心旌
那个含苞如蕾的季节呢
那个绽放如花的年龄呢
几多冬夏在记忆的伤口里踟蹰
几番春秋于梦境的花店前徘徊

多少个日子依旧含苞
多少个岁月依旧吐蕊
最惹人怀想的瞬间
能长驻记忆吗
否则多年以后回首今朝
绵绵不断的将是恼人的遗憾

心　潮

多少年了　记忆里也未能抹去
那段浪花在阳光下唱歌的日子
多少年了　许多有关你我的故事
依旧铺排在深深的心底
犹如粒粒卵石默默无声地
经受着岁月的磨砺与撞击

多年以后　我在这方寸之地与你相遇
心潮一如多年以前的日子
一浪高过一浪　拍打着
你渐去渐远的背影没有变
那一段如诗如画的情意
依旧温暖着淡如云烟的往昔

我来看你

在七月最后的日子里
我来看你
正值你丰腴的花期
那一株媚人的嫣然
是因我而开吗

哦　七月
北国山肥水沃的季节
我来看你
你撩人的脉脉深情
是向我倾斜吗

月　下

男人与女人沐浴
在绿意初萌的草原
披一身月白
背影美丽而悠然

谁也无法接近
像一扇门或一堵墙
两道交颈的山峰
挡住视线

背影优美的男人女人
就坐在清幽的画面里
看草叶醉如河流
听清风飘成音乐

对着月影讲叙的
并不都是千篇一律的故事
男人的笛孔流淌着承诺
女人的眼波盛满了誓言

酝 酿

早晨抑或黄昏都无所谓
远山淡淡　天空蓝蓝
想象中的枣红马驰骋于草原

哥哥是挺起虎背熊腰走的
姐姐是荡漾着满身朝气走的
爸爸说走过敖包山就有那达慕
弟弟便在马蹄踏起的尘烟里
酝酿着一次果敢的行动

成功与失败都无所谓
那你追我赶的过程
谁眺望一眼准能享受一生

草原的风

在不见绿意滚动的
画面上　你站得
超然物外　一份永远的快乐
是被嘴唇抿住的
那半截旱烟吗

这是你排练许多年的
一种姿势　每逢此时
一只鸟飞过幻觉
然后回忆温馨地弥漫开来
然后像一粒种子穿透岁月
在你那被草原风
犁满垄沟的脸上
长出一种让人仰慕的慈祥

安代舞

乐音突如破堤之水
彩绸追之猎猎而飞
长发随节拍飘逸
挥手与跺脚之间
快乐烘烤着潮湿的心房

我不相信前路总让人失意
落寞之时远道自有欢歌而至
像无痕之水一洗恼人的彷徨
是歌者总能从音律中体验人生
是舞者总能在步履间感受风光
且饮上几杯醇香的老酒
且跳上几曲古老的安代舞　坚信
每个季节都高悬暖人的太阳

生命之旅

有一种无以言状的过程
任何想象力都无法穿透
像这株连理的花儿
从含苞　初绽到盛开
总是不受谁意志的左右

人生也是这样一个过程
花开花落的瞬间
辉煌抑或卑琐全凭自己铸就
然而花期虽短总有幽香盈袖
碌碌一生无异于行尸走肉

人生之旅亦应如花
含苞似梦一样纯净
初绽如诗一般朦胧
盛开是一片闪烁的轻柔

亭亭玉立

当寂寞困扰的时候
我就一次又一次地看你
谛听着你枝叶的哗哗脆响
我知道那是你与我舒畅的谈心
那时每一棵亭亭玉立的你
都是我可以倾吐肺腑的知音

当疲倦袭来的时候
我会一次又一次地看你
依偎在你们某一位的身旁
听轻风摇动枝叶的喃喃细语
仿佛整个灵魂
都充满白桦林里纯净的秘密

当我离开你的时候
我的身心已积淀大自然的安谧

然而我却一千次一万次地冥想
怎样才能变成一株亭亭玉立的你
即便是任何一种染绿你根部的植物
岁岁年年与你相依相伴永不分离

光　阴

许多美好的时间
悄然流逝一如东去之水
许多想做未做的事情
机遇错过再无轮回的美梦

而时间老人撒下的浓荫尚在
而大片大片的光阴依然闪烁
及时握住稍纵即逝的岁月之缰
日过中天犹有大器晚成的可能

瞧　这位年过而立的淑女
在枝叶掩映之下孜孜以求
津津有味像咀嚼一枚橄榄
立体的人生定如大树般繁盛

一叶知秋

不断有秋的信息
金灿灿沉甸甸地传递过来
我所寓居的小城的街头
便出现枝摇金黄满地的情形
之后秋风每次莅临不再空手而归
之后人们便冥思如何挽住秋之倩影
而秋神一如过客步履匆匆
只有秋天的痕迹被有心人定格
这一瞬油黑的秀发飘逸着
这一瞬一切绝伦的词语黯然失色
画面上伊人的举手投足昭示出
秋之韵味　一叶足知

红色遐想

这是午后阳光渐趋温柔的时候
一位红衣女郎与遐想并排而坐
她们仿佛期待着画面以外的什么人
把她们当成情诗抑或山水画中
最撩拨人的眼睛抑或醉心的意境

这个时刻光阴相对静止于某个方位
这个时刻空气停歇流动都无关紧要
你遐想的手掌必须格外柔软
能从稍纵即逝的瞬间
悄然抚醉许多内心的河流
又能让跳动的神经保持该有的清醒

这是午后阳光暖人遐想的时候
一位红衣女郎坐进所有过客的视野
那一瞬宝贵的光阴不再是金子

那一瞬抓一把空气都能攥出香味
所以 想象高尚与否并不重要
某个阳光暖人的午后
毕竟制造了一件让人回味的事情

上场之前

真想让谁来抚慰自己
怎奈催人的音乐响起
我别无选择　必须
接受一场上帝的裁决

有多期盼
鬓角染霜的母亲
满含鞭策温暖地走来
有多企望
遮风挡雨的父亲
带着鼓励自信地走来

然而　这一切
都是遥远的慰藉
在音乐激昂的一瞬
我必须鼓足勇气
到别人的故事里去
上演自己的人生

对 歌

一任碧绿的日子
作含苞与绽放的姿势
我依然故我
所有美妙的思考与行动
皆缘于那个朝朝暮暮
苦求不舍的梦境

人生亦有含苞吐蕊的过程
羞涩与奔放　热烈与沉静
总能制造一些引人瞩目的事情

然而恰如一脉成长中的绿
不能永远在春日的夜幕下静卧
人生的枝头　总得悬挂几枚对唱的花朵

竞　放

就让我们这温馨之旅
永恒于春天的画面吧
尽管那些萦梦的日子不会重来
尽管那些难忘的故事不能再现
但是记忆里飘香的花朵
那一抹一抹恼人的淡蓝
常常在静夜里一朵一朵初绽

人有时要经历许多道不明的事情
正如诗人们酒后所吐的箴言
由于太甜蜜而尝出苦涩
由于太亲近反感到疏远
然而记忆里飘满不灭的故事
总能令人品味吧　就像我
脑海中有片湿湿的土地
昨天的花朵　常似
这竞放时的美丽与娇艳

青春的思绪

这是今秋最初的日子
阳光一如夏日般亮丽
你站在很年轻的石墙边
极深沉地阅读着什么
其实　青春的潇洒
不需要恼人的桎梏
像长发披散在身后
拢不住的总是可人的飘逸

青春季节

季节以温和的手掌
为你铺路
你吸吮着花香
谛听着鸟语
欢快地走来
手臂柔软而修长
掩饰着羞涩
体态轻盈而婀娜
显示着成熟

哦　视野的迷离之中
有鸟羽飞向太阳
青春季节　被你装饰得
飘满幸福

入　神

看着你入神入画的小模样
我想起远在他乡的女儿
想起女儿第一回叫爸爸妈妈
蹒跚着去动画片里捉小松鼠
我和妻幸福得不亦乐乎的场景
想起女儿最初认识了萝卜白菜
为一只故事里找不到家的鸟落泪
我和妻陶醉得不知所措的情形
此刻　从爸爸掌上走出去的女儿
你是偎在妈妈的怀里甜甜地入梦
还是为幻想中的小鸟梳理着羽毛

看着你入神入画的小模样
我想起远在他乡的女儿
那个翘着两个羊角辫的小家伙
与你一样似阳光下新发的嫩芽

尽管风和雨远在画面之外
有一双扶持你的手
一如往日的温柔

那一天

靠在身后的是那一天
捧在手里的是那一天
蓦然回首望见的还是那一天

那一天的话题依旧新鲜
那一天的旧事犹在闪现
那一天的心窗本来就未关闭
那一天的想法一如从前

那一天
真有一些什么留下来
留下来做一件不灭的纪念

深入秋天

在宁馨的傍晚深入秋天
深入秋天便有层林尽染
此时的女孩是一枚火苗吗
在你我的眼瞳之内点燃秋天

红叶伸手可及
被秋风的爱情吻落　树干们
大部分肃穆而庄严
只有两枝斜生得耀眼

女孩与晚霞一起
深入秋天
踩满径遐想深入秋天

记　梦

调色板躺在长长的梦里
日子浓浓又淡淡
云朵们分散又聚拢
细雨打不湿童年

绿草地盛开微笑
童心放牧在花的原野
那个鬓角边插满坦率的少女呢
系梦的发丝一闪于山角
心窗便被扯开一扇